Service

Jeg ser på mit ur. -Shit altså!
Ifølge skiltet på mekanikerens dør, lukker han nu.
-Vil han tage min bil ind til service lige til lukketid? Når jeg
ikke engang er fast kunde?

-Det kan han blive nødt til, beslutter jeg.
-Det er den eneste dag i en måned, at det er lykkedes mig, at
slippe fra kontoret indenfor et værksteds åbningstid og jeg skal
hurtigt tilbage.

Jeg parkerer min bil foran indgangen og træder ind af døren til
den snavsede værkstedshal.

"Øhm, Hallooo?"

En fyr kommer ud fra baglokalet og går mig drevent i møde,
mens han tørrer sine hænder i blåt papir.
Han har en snavset hvid undertrøje på, som giver mig frit
udsyn til hans muskuløse, olieplettede arme. Aftegningerne af
hans markerede overkrop under stoffet, får mig et øjeblik til at
glemme, hvorfor jeg er her.

Jeg rømmer mig og glatter min stramme nederdel.

”Min bil har brug for service.”
Han stopper op foran mig og ser på mig med et muntert udtryk
i ansigtet
”Er det kun din bil, som har brug for service?” Spørger han.

Jeg stirrer overrumplet op på ham.
– Shit, han læste mine tanker da jeg så ham.

Jeg ignorerer hans upassende bemærkning.
”Jeg ved godt, at det er tæt på lukketid, men det skal gøres i
dag og jeg betaler gerne ekstra og jeg skal hurtigt tilbage til
kontoret...”
Jeg kan godt selv høre, at jeg er jeg plaprer og at mit forsøg på
en myndig og værdig stemme er mislykket.
-Hvad er det ved ham, som gør mig så forlegen og fumlende?
-Det kan sgu da ikke bare være de der store muskler!
-Kan det?

”Jeg har lukket,” siger han uden skyggen af beklagelse. ”Så jeg
kan desværre ikke servicere din bil i dag.”
Han træder helt hen foran mig, så jeg kan mærke hans duft og
ser mig direkte i øjnene. ”Men du virker lidt for stram, det kan
jeg godt hjælpe dig med.”

Med et forarget fnys vender jeg mig rundt og går beslutsomt
mod døren. Men allerede da jeg når døren, er det som om, at
min beslutsomhed er blegnet.

-Hvad laver du!? Du er nødt til at gå! formaner jeg mig selv.
Men mine ben står stille. Det føles som om, at de har deres
egen vilje. At hele min krop er holdt op med, at lytte til min
hjernes instrukser.

Jeg kigger ned af mig selv. Jeg står stadig med den ene hånd på
dørhåndtaget og gradvist bliver det tydeligt for mig, at jeg ikke
bliver i stand til at gå ud af døren.

Mit hoved er tomt for tanker, da jeg langsomt drejer rundt og
lader døren glide i bag mig.

Han står stadig lænet op af bilen. Han ser ikke overrasket ud,
og hans blik hviler roligt på mig.
”Kom herhen,” siger han dæmpet.

Jeg står som forstenet. Jeg kan ikke bevæge mig. Ikke se på
ham, og af en eller anden grund heller ikke løbe væk. Jeg
stirrer stift ned i jorden og trækker kun vejret til det øverste af
halsen.

”Kom så her.”
Denne gang reagerer min krop. Uden at jeg kan genkende
nogen som helst form for beslutning, begynder mine ben af gå

hen imod ham.

Jeg stopper op foran ham og holder blikket på gulvet. Jeg ved ikke hvad der sker med mig, men mit hoved er tomt. Jeg ved ikke hvad jeg skal tænke, sige eller gøre. Det eneste jeg ved, er at jeg ikke vil gå.

Han tager fat om min hage. Hans berøring får det til at give et sæt i mig. Han drejer mit ansigt op, så mit blik møder hans. Hans øjne er mørke og alvorlige, men der er samtidig et skær af venlighed i dem. Hans anden hånd glider op og lægger sig om min nakke.

Han læner sig ned over mig, og det går op for mig at han vil kysse mig. Og at jeg gerne vil have ham til det.
Jeg er låst fast imellem hans hænder og jeg lukker øjnene og holder vejret. Jeg mærker hvordan han kommer tættere på, indtil jeg mærker hans varme ånde mod mit ansigt.
Hele min krop spænder og jeg holder vejret. Venter anspændt på hans læber imod mine, men de kommer ikke. Endelig åbner jeg øjnene igen.

Han står og ser ned på mig. Et lille smil kruser om hans læber. Tanken om at han morer sig over mig, får min ryg til at stivne. Men lige inden jeg når at overveje at gå, mærker jeg hans hånd bag min nakke. Den løsner mit hårspænde og slipper mit røde hår fri.
”Meget bedre,” smiler han.
”Det får dig til at se alt for stram ud.” Han giver sig langsomt

til at knappe min jakke og skjorte op.

"Så stram er du i virkeligheden slet ikke," mumler han, da han lyner min nederdel op.

"Eller er du!?"

Han smiler frækt til mig og lader min nederdel falde.

– Sagde han lige det!? Hvad er det jeg laver her?

Han fjerner min jakke, skjorte og nederdel og træder så et skridt tilbage og betragter mig. Jeg mærker en meget ukendt forlegenhed, som jeg står her i undertøj og stiletter, med mine røde krøller bølgende ned over skuldrene og med matchende røde kinder. Ingen jeg kender vil kunne kende mig, hvis de så mig nu.

Pludselig kan jeg ikke lade være. Jeg fører mine hænder om på ryggen og knapper min bh op. Jeg skæver op til ham og han smiler tilfreds. Så lader jeg den falde.

Den kølige luft mod mine nøgne bryster, får begæret til at vokse inden i mig. Pludselig kan tydelig mærke, hvorfor jeg blev og hvor meget jeg ønsker, at han skal røre ved mig.

Jeg piller forlegent ved min trussekant.

– Skal jeg også tage dem af? Tør jeg?

Han træder frem imod mig og rækker ud. Med begge hænder tager han fat i trusserne, ved først min ene – og så min anden hofte og river ubesværet stoffet over. Jeg suger luft ind og holder vejret.

I et snup løfter han mig op på bilens kølerhjelm. Jeg gisper højt, da min nøgne bagdel rammer den glatte, kolde overflade. Instinktivt vrider jeg mig for at komme væk, men han holder mig fast. Han læner sig ind over mig, og presser mig med sin vægt helt ned på ryggen. Denne gang udstøder jeg et skrig og skubber mod hans overkrop med begge hænder.

Han ler, men lader mig ikke slippe. I stedet mærker jeg hans hånd løbe op langs mit inderlår.
Kulden giver mig gåsehud, men indvendigt er jeg brandvarm. Det iskolde metal skyder isninger op langs min ryg, mens længslen efter ham, skyder krampetrækninger op igennem mit indre. Begge dele får mig til at vride mig og skyde ryggen opad.

Han ser mig ind i øjnene. Holder mig fast i et dybt blik, før han fører to fingre op i mig. Følelsen af mit meget våde køn, får ham til at smile tilfreds. Han læner sig ned over mig og suger min ene brystvorte ind i sin mund.

-    Shit!

Jeg skyder ryg igen som en flitsbue. Denne gang er det ikke for at komme op fra bilen, men for at komme længere ind i hans mund. Mine brystvorter trækker sig sammen og jeg jamrer, da han bider i dem.

Hans fingrer kører hurtigt ind og ud af mig, og jeg kan næsten ikke holde det ud mere. Jeg kan mærke orgasmen nærme sig, og jeg bevæger mit underliv imod hans hånd, for at få mere. Bøjer mit ben og sætter foden mod kølerhjelmen for bedre at kunne støde imod hans hånd.

”Du er så fræk,” mumler han fremfor sig.

Så griber han mig om ballerne og trækker mig frem, så jeg kommer ud og sidde på kanten af bilen. Jeg udstøder en forskrækket lyd, men han har fat omkring mig med en arm, så jeg ikke falder ned.

Han placerer begge mine fødder på hans skuldre, mens han sætter sig på hug foran mig. Jeg forstår hvad han vil, lige inden han begraver sin mund i mit drivvåde skød.

Jeg kaster nakken bagover og griber fat i hans hår.
- For satan, hvor det føles godt.

Hele min krop dirrer og sveddråber løber ned imellem mine bryster. Den kulde jeg mærkede før er fuldstændig væk. Hans tunge trænger dybt op i mig, for et øjeblik efter at lege med min klitoris.

Igen begynder sammentrækningerne i mit underliv. Jeg holder fast i hans hår og tigger ham om ikke at stoppe.
I et sidste langt stød skubber han sine fingre langt op i mig, samtidig med at han suger min kusse helt ind i munden.

Jeg kaster hovedet bagover og skriger min orgasme ud. I det samme rejser han sig op og mens min orgasme stadig ruller på sit højeste, banker han sig op i mig.

Jeg gisper, men kan ikke gøre modstand. Han knepper mig i hårde stød, som trækker min orgasme længere ud.

Med en dyb knurren trækker han sig ud. Det tager mig et splitsekund at opdage hvad der sker, før han med sin pik i hånden sprøjter sin sæd udover mig. Jeg når at tænke, det er upraktisk, men min krop er ligeglad. Den ligger sig ned på bilen og nyder eftervirkningerne af den voldsomme orgasme, helt uforstyrret af det kolde metal.

Lyden af papir som hives ud af beholderen, får mig til at løfte hovedet. Han står foran mig, med en stor bunke blåt papir i hånden, og ser tilfreds på min krop. Jeg kigger ned ad mig selv. Pletter af hans sæd er spredt udover mine bryster, min mave og min kusse.

Han løfter dovent sin ene hånd og lægger den mod min underlæbe. Jeg ser forbavset op på ham.
- Hvad nu!? Vil han nu til at være romantisk!?
Men det skælmske blik i hans øjne fortæller mig, at det er der ikke nogen fare for.

Langsomt presser han sin pegefinger ind i munden på mig. Jeg overvejer ingenting, mens jeg sutter og snor min tunge om den.

Så trækker han den våde finger ud og tegner med den ned af min hals.

Mine øjne følger hans finger, som den tegner mine kraveben, for herefter at løbe videre ned til mit ene bryst.

Sæden laver et spor efter hans finger, da han tegner igennem den. Jeg snor mig lidt, da han ramme mine følsomme brystvorter, men jeg bliver liggende. Må bare lige se, hvad det er han har tænkt sig.

Ved den anden brystvorte giver han den et lille niv. Jeg suger luft ind, men kan samtidig ikke lade være med et smile.
Hans finger trækker sæden ned i min navle og videre ned over mit skamben. Den langtrukne, intense behandling får noget til at røre på sig inde i min udmattede krop.

Fingeren er glat af sæd, da den når ned direkte til min blottede klitoris. Det giver et sæt i mig, for den er meget følsom ovenpå den orgasme.
Men han tegner ufortrødent videre. Hele vejen rundt langt min skedeåbning, mens han samtidig ignorerer min kusses intense forsøg på at suge ham ind.

Fingeren tegner længere ned.

-Hvad? –Hvor!? –Nej!

Vasketøj og motorolie

Jeg lader en stor bunke rent vasketøj falde, så den lander på sengen. Katten som har ligger og slanget sig på sengetæppet vrisser utilfreds og forlader fornærmet soveværelset.
Mens jeg lægger vasketøj sammen, gennemgår jeg i hovedet listen over ting, som jeg også skal nå i dag.

Jeg hører de velkendte lyde fra entreen, da han kommer hjem. Hoveddøren går, bilnøglerne lander i vindueskarmen og hunden bliver klappet. Så kommer han ind i soveværelset.

"Har du husket at fylde olie på bilen?" spørger jeg træt.

Han stiller sig bag mig.

"Hej, min elskede," hans stemme er mild og drillende.

"Bil? Motorolie…?"

Han trækker blidt mit hår om bag skuldrene, så det ligger ned ad nakken.

-For helvede altså, han har garanteret glemt det igen!

Han stikker næsen ind i min nakke, og indsnuser duften af mit hår.

-Det der kan han godt glemme! Jeg har hundrede ting jeg skal nå. Jeg er helt udkørt og desuden føler jeg mig ikke ligefrem som en pornostjerne i de her slidte joggingbukser…

Han tager fat om mine hofter.
Jeg vrider mig lidt. ”Jeg har altså ikke tid til det der nu,” vrisser jeg. ”Jeg har alt det her vasketøj, jeg skal igennem.”

”Ja,” smiler han ind mod min hals. ”Så fortsæt du med vasketøjet.”

Jeg tager demonstrativt en bluse op foran mig og går i gang. Hans hænder glider op over min mave.

”Hold nu op,” protesterer jeg, men han afbryder mig.
”Shh, koncentrér dig om vasketøjet.”

-Fint, tænker jeg trodsigt. – Så er det det jeg gør.

Hans hænder finder vej ind under min trøje. Med en stramt greb om mig, glider hænderne op og ned af mig fra hofter til ribben. De stopper og lægger sig om mine bryster. Jeg mærker hans mund mod min hals. Jeg gør et svagt forsøg på at vride mig fri.
”Shh skat,” mumler han tæt på mit øre. ”Jeg har dig.”

Han strammer sine arme om mig. Holder mig fast, så jeg ikke kan vride mig fri. Kysser, suger og bider min hals. Jeg kan mærke hvordan min krop begynder at gi’ sig. Tanken om vasketøjet afløses langsomt af følelsen af hans hænder på mine bryster.

Han tager fat med den ene hånd om min hage og hals og læner mit hoved bagover, så det støtter på hans skulder. Han puster på min blottede hals og mit underliv trækker sig sammen, ved tanken om at være helt blottet for ham.

Så tager han fat i mine bryster. Endelig! Han masserer dem med begge hænder, nulrer og niver i brystvorterne.

-Hårdere, tænker jeg og bider tænderne sammen.

"Jeg elsker dine lækre faste bryster," knurrer han og jeg kan mærke mit køn blive vådt.

"Mere," beder jeg.

Men han slipper mine brystvorter. Strækker fingrene og kører dem frem og tilbage over mine hårde brystvorter, Han får det til at snurre fra mine bryster hele vejen ned til mit køn, indtil jeg er ved at blive sindssyg.

"Mere," klynker jeg igen.

"Vil du gerne have mere?" smiler han drillende.

Jeg udstøder en frustreret lyd.

"Må jeg så høre, vil du have det hårdere!?"

”Ja tak,” får jeg frem.

Endelig klemmer han til. Han klemmer og niver skiftevis den ene og den anden vorte, mens han med den anden hånd trækker bukserne ned over min røv.

”Spred benene.”

Hans hånd glider ned over mine baller og finder min åbning. Han stønner, da han mærker hvor våd jeg er.

”Bøj dig forover.” Hans stemme er mere bestemt nu. ”Jeg har ventet hele dagen på at kneppe den lille våde fisse.”

Jeg gisper, da han trænger op i mig. Han har godt fat i mit hår med den ene hånd, mens den anden hånd stadig bearbejder mine bryster. Hele min krop skriger efter mere. Det kan ikke blive hårdt nok.

”Du er så fræk,” hvæser han, mens han støder hårdere.
Mit ansigt bliver presset ned i tøjet på sengen. Mine ben dirrer og det gør ondt, hvor han har fat i mit hår. Men jeg vil bare have mere.

Han fører en hånd ned foran mig og hans tommelfinger begynder at massere min klitoris.
-Åh Gud, det holder jeg ikke til.
Hele mit underliv snurrer og kramper. Mine støn bliver højere og højere og han fortsætter.

Så giver jeg slip.

Orgasmen får min krop til at falde sammen. Han griber rundt mig med stærke arme, og holder mig fast, mens min verden svimler. To hårde stød og så følger han efter mig i orgasmen. Han falder ind over mig. Stønner højt og dybt, men han kysser og bider mig i nakken og ryggen.

Vi ligger sammen på sengen. Tæt sammenklyngede.
”Du kommer nok til at vaske tøjet igen.” Smiler han undskyldende.
”Det gør nok, jeg har ikke så travlt.”

En tur på museet

”…og dette var meget brugt, tidligt i det 18. århundrede...”

Museumsguidens stemme bliver mere og mere monoton, for hvert nye rum vi bevæger os igennem og jeg får mindre og mindre med.

Det var et pludseligt anfald af spontan, kulturel inspiration, som fik mig til at gå ind på museet og hoppe på en rundevisning.
Den kulturelle inspiration er blevet kvalt for længe siden.
Afgået ved døden af kedsomhed.
Men, må jeg indrømme, faktisk også overtaget er lidt af en anden inspiration.

Han er høj og mørkhåret og ser noget sydlandsk ud. Han ser heller ikke ud til, at være her sammen med nogen og ligesom jeg, ser han heller ikke ud til at høre efter.

Til gengæld ser han ud til at kigge på min bagdel, hver gang jeg kommer til at gå ind foran ham.
– Hvilket er ret ofte.
– og med ekstra vrik.

Det er egentlig ikke tit, at jeg har kjole på. Men i dag er jeg iført en kort løs sommerkjole, som kan blafrer op og vise lidt mere hud, når jeg vender mig hurtigt, eller løber op ad en trappe.

Jeg har smilet og blinkede til ham flere gange og en gang har vi stået så tæt, for at se et maleri, …eller var det en skulptur? at jeg helt uforskyldt blev presset ind mod hans robuste krop.

"Denne unikke statue er det sidste vi skal se på, inden vi går videre ovenpå til resten af udstillingen."
Guiden gestikulerer mat, mens han beskriver de nærmere omstændigheder ved den stakkels statue. Jeg stiller mig hen i gruppen som den bagerste, så jeg ikke behøver at lade som om, at jeg hører efter.

Gruppen fortsætter til en bred trappe, lavet i lyst træ.
Da jeg træder op på trappen s nederste trin, mærker jeg pludselig en hånd på min hofte. Jeg bremser op og hånden holder mig tilbage, mens jeg ser resten af gruppen fortsætte op af trappen.

Igen mærker jeg hans krop helt op af min. Vi tænker det samme. Står helt stille og venter på, at de sidste mennesker skal forsvinde for enden af trappen.

Så er vi alene.
Hans hænder er straks inde under min løse kjole. De finder
mine spændte brystvorter og niver sammen om dem. Det giver
et jag af smerte ned gennem min krop, men før følelsen når helt
ned, har den ændret sig til noget andet.
Våd ophidselse.

Hans ene arm ligger tværs over min overkrop og holder mig
tæt ind til ham, mens fingrene leger med mine bryster.
Samtidig gider hans anden hånd ned i mine trusser.
– Hold da op, han spiller der ellers ikke tiden!

Jeg er allerede våd. Med et par fingre henter han smørelse fra
min åbning og bruger den til at massere området rundt om min
klitoris. Hans heftige berøring får det til at give efter i mine ben
og min vægt falder for over mod hans arm.
Han benytter situationen til at læne mig længere frem og jeg
tager fra mod et trappetrin med begge hænder.
Jeg fornemmer, at han åbner bukserne bag mig, mens han
skubber mine trusser ned til mine knæ.
Så mærker jeg spidsen af hans lem mod min åbning.

– Med et hører vi begge lyden, af en dør der åbner et sted. Vi
stivner begge midt i en bevægelse. Jeg stående forover med
hænderne mod trappetrinnet. Han stående bag mig, lænende sig

ned over mig, med hånden på mit skamben og sit lem hvilende mod min åbning.

I næsten 10 sekunder står vi på den måde, holder vejret og lytter. Så ånder han ud bag mig. Med to fingre klemmer han sammen om min klitoris, samtidig med at han bider mig hårdt i nakken. Den uventede smerte får mig til at gispe højt og da glider han op i mig.

Han masserer mine bryster, mens han knepper mig hårdt. Jeg må presse en hånd ind i munden, for ikke at stønne højt.

Jeg føler mig overvældet og min krop svinger hele tiden mellem smerte og nydelse.

Han skiftevis masserer og nulre mine brystvorter og klemmer sammen om dem. Hver gang han klemmer, skyder det en smertefuld nydelse igennem mig, som samler sig i mit skød.

Jeg kan ikke længere holde det ud. Må have min udløsning nu. Jeg fører hånden ned til min klitoris og begynder at gnide den, mens han knepper mig. Lige med det samme begynder den velkendte snurrende fornemmelse i mit underliv. Jeg lukker øjnene og gnider hurtigere. Det her er mit projekt. Den snurrende følelse bliver stærkere og orgasmen rykker tættere på.

"Hårdere!" hvæser jeg bagud over skulderen.

Han støder endnu dybere. Jeg gnider hurtigere og så sprøjter orgasmen ud af mig.

Mit skrig giver genlyd i det højloftede rum.

"Shit!" hvæser han bag mig, men det er for sent. Døre bliver smækket op og løbende skridt nærmer sig. Jeg træder hurtig til siden og hiver mine trusser op plads.

Menneskerne dukker frem på toppen af trappen og stirrer på ham. Det ser ikke ud til, at nogen lægger mærke til mig. Måske fordi han stadig står, med sin erigerede pik fremme.

Et øjeblik stirrer jeg er bare på ham, ligesom alle de andre. Så begynder tumulten. Børn der skal fjernes og tilråb der skal udgydes.

Jeg træder lige så stille ind blandt menneskemængden og begiver mig mod udgangen.

– Jeg tror, jeg har fået, hvad jeg kom for.

Alene i mørket

Hun tøver foran døren.

-Er det det her hun vil? Er der nogen vej tilbage?

Har hun egentlig nogensinde haft et valg, eller har det her
været hendes skæbne lige fra hun oprettede den profil…!?
Dengang overvejede hun ikke, at hendes nysgerrighed en dag
ville føre til det her. Ikke for alvor i hvert fald. At hun en dag
ville stå her foran døren til et hotelværelse efter en fremmed
mands anvisninger.

Hun tager en dyb indånding og forsøger endnu engang at ryste
uroen og skammen af sig. Den dårlige samvittighed og billedet
af sin mands ansigt brænder i hendes bryst.

Men spændingen er endnu større end skammen. Ønsket om at
opleve noget nyt, opleve sig selv på en ny måde vinder, og hun
holder vejret og åbner døren.

Værelset er mørkt og stille og til hendes store overraskelse
tomt. Et lille bord med en trist blomst og en stor seng med et
hovedgærde af tynde lodrette metalstænger, men ingen
mennesker.

Hun får øje på et kort på bordet. Må holde det tæt op til
ansigtet, for at kunne læse det i halvmørket.

"Tag tøjet af, og læg dig på maven på sengen. Hold øjnene
lukkede."

En gysen løber langs hendes rygrad. Hun tager alt sit tøj af og
ligger det pænt på bordet, inden hun ligger sig nøgen på sengen
og venter.

Så hører hun døren gå. Hele hendes krop stivner og hendes
hjerte banker så højt, at hun næsten ikke kan høre andet.
-Hvad har hun dog rodet sig ud i? Hun aner jo ikke, hvad han
er for en. Hun kunne blive voldtaget! Myrdet!!
Alligevel bevæger hun sig ikke. Hun ligger helt stille med
lukkede øjne og knuger om tremmerne i hovedgærdet.

Gulvet knager, da han går hen over det. Han taler ikke, men
hun kan høre hans åndedrag. Eller er det hendes eget!?

Hun mærker det mere end hører det, da han læner sig ind over
hende. Koldt metal rører hendes hænder, og på et kort øjeblik
er hun lænket til hovedgærdet med håndjern. Hun spærrer
øjnene op og vender hovedet, men for sent. Et klæde bliver
bundet stramt foran hendes øjne.
Hun ligger helt stille, holder vejret og trykker sig ned i
madrassen.

Det giver et sæt i hende, da kold olie rammer hendes ryg. Store
ru hænder glider ned over ryggen og trækker olien med ned
over hendes baller. De omslutter hendes røv og masserer ublidt

olien ind.

Hun mærker hvordan hendes ophidselse begynder at prikke i området rundt om hendes køn. Hun spreder benene og vrider lidt i kroppen under den hårdhændede behandling. Han masserer hårdt og rytmisk hendes baller. Trækker dem let fra hinanden og bevæger sine tommelfingre længere ind og ned. Det snurrer i hendes underliv. Hun kan ikke tænke på andet, end hvor gerne hun vil have ham op i sig. Hun vrider sig, for at få hans fingre til at ramme rigtigt. Men i det samme forsvinder hans hænder.

-Hvorfor nu det!?

Et hårdt slag rammer hendes bagdel og hun gisper højt. Fingrene finder tilbage og løber langs hendes åbning. Hun skubber sig lidt til siden, for at få ham ind.
-Shit!
Denne gang er slaget er endnu hårdere end det første. Det svier og får hendes hud til at brænde.
Hun forstår, at hun hellere må være tålmodig og ligge stille, selvom det er svært.

Hun mærker madrassen bevæge sig, da han læner sig ind over hende. Varmen fra hans krop og…
-Åh Gud, ja!
…hans pik mod hendes meget våde åbning.
Hans hænder glider ind under hende og får fat i hendes bryster.
Hun stønner højt, da han klemmer sammen om brystvorterne.

Spidsen af hans lem pirrer hende. Går kun lige ind og ud igen. Hun klynker og knuger underlivet sammen. Han snoer og nulrer hendes brystvorter og den hårde behandling får det til at snurrer og kilde endnu mere i hendes køn.

”Ta’ mig nu!” ryger det ud af hende.

Slaget rammer prompte.
Hun hiver i lænkerne og håndjernene skærer sig ind i hendes håndled. Hendes tårer bliver opsuget af det tykke stof for hendes øjne.

Men hun kan ikke lade være. Hun skubber sig bagud mod ham, så langt lænkerne tillader.
Han trækker sig væk.
-Jeg bliver sindssyg! Jeg kan ikke mere!
Hun klynker og vrider sig.
Intet sker.
Hun indser at hun bliver nødt til at ligge stille. At han ikke tager hende, før hun gør som han vil.

Hun tager sig sammen. Med alt hvad hun har i sig lægger hun stille og holder vejret.
Belønningen kommer straks.
Han tager et hårdt grab i hendes nakke og presser hendes ansigt ned i madrassen. Den anden hånd tager fat om hendes hofte og hiver hendes bagdel op mod ham. Så trænger han ind. Med et langt hårdt stød går han direkte i bund og forløser alle hendes

indestængte følelser. Hun brøler ned i madrassen og han holder
hende hårdere og støder igen.
Hun skubber sig bagud og får hans næste stød til at gå endnu
dybere. For første gang hører hun ham gispe.

Han griber hende om struben. Presser sammen og lukker
hendes luftrør.
Hun kniber øjnene hårdt i. Der bliver pludselig meget stille, da
hendes lyde forsvinder. Mine sanser forstærkes endnu mere og
hun kan mærke orgasmen er på vej.

Han fører hånden ned foran hende og i det samme starter en
brummende lyd. Hun når ikke at tænke, før han lægger den lille
vibrator mod hendes klitoris. Han holder den der, mens han
støder i hende.
Det sortner for hendes øjne. Hendes krop trækker sig sammen
af den manglende ilt og den voldsomme orgasme som bygger
sig op indeni hende.

-Åh Gud, jeg kan ikke klare mere, kan ikke mere, jeg…

Så slipper han.
Slipper hendes hals, slipper hendes orgasme fri og slipper sig
selv.

Hun ser stjerner for øjnene og flår efter vejret, mens hun
skriger sin orgasme ud. Den fortsætter og fortsætter og
gennemryster hendes krop.

Hun bemærker ikke at han fjerner håndjernene. Hun krummer sig sammen og gisper, mens orgasmen langsomt ebber ud. Hun bliver liggende stille, indtil hendes krop og vejrtrækning er faldet til ro igen. Så sætter hun sig op og fjerner bindet for øjnene. Hun blinker et par gange og ser sig omkring i rummet. Det er tomt. Hun sidder helt alene tilbage i halvmørket og gnider sine ømme håndled, mens et lille smil breder sig på hendes læber.

Endnu en skøn oplevelse...

Jeg ser dig komme ind i stuen. Du slentrer tilbagelænet og dine
fingre glider tilfældigt henover bordpladen. Du viser ingen tegn
på, om du har en plan, men jeg håber, at du har.
Jeg bliver stående op af spisebordet og følger dig forsigtigt
med øjnene. Jeg ved ikke, hvad jeg ellers kan gøre. Jeg
brænder for, at du skal tage mig, men jeg ved, at jeg ikke skal
fortælle dig det. Du kan ikke fortælles, hvad du skal gøre og
jeg tør ikke løbe risikoen for, at du ikke tager mig i aften, fordi
jeg ikke ventede pænt.

Jeg kigger op og du fanger mit blik. Dine øjne brænder. Så
hårde og kraftfulde og samtidig så trygge, at jeg vil være dér
for altid. Min hud sitrer, men jeg står helt stille. Du går så tæt
på mig, at jeg kan mærke dit åndedræt, men du rører mig stadig
ikke. Jeg beder og beder inde i hovedet for, at du skal røre mig
og min krop ryster.

Dine bevægelser er helt langsomme, du giver dig god tid. Du
ved hvad du laver - og hvad jeg ønsker. Langsomt løfter du
hånden op til mig ansigt. Jeg er så ivrig efter at mærke den, at
jeg næsten tripper. Blidt, så jeg næsten ikke kan mærke det,
stryger du min kind. Den varme, prikkende følelse spreder sig
til hele mit ansigt. Så glider din hånd rundt langs min hals. Du
tegner min kæbe med en finger, mens du betragter den - og mig

helt afslappet. Du overvejer, hvad du vil gøre ved mig i dag. Hvad du vil bruge mig til.

Hele min krop er spændt og jeg holder øje med dit ansigt. Holder på mig selv, for ikke at række ud og tage fat i dig. For jeg ved godt, at man ikke rører ved dig, før man har fået lov. Din hånd glider videre rundt om min hals om til nakken, hvor du tager et fast greb i mit hår. Grebet bliver hårdere og hårdere og tvinger mit hoved bagover. Smerten får spændingen i min krop til at blusse op og jeg udstøder et lille hvin.

"Shh," siger du, med munden helt tæt på mit øre. Du kysser og slikker blidt mit øre, stadig med hånden i mit hår. Du bevæger dig nedad mod min hals og ved kæben stopper du op og giver dig god tid. Du kysser den og skubber til den med dit ansigt. Så tager du pludselig fat om den med tænderne og langsomt bider du hårdere og hårdere. Smerten jager igennem mig og jeg gisper højt. "Shhh" - denne gang er der en kærlig, men også bestemt tone i din stemme. Jeg tier. Du slipper biddet og studerer kæben. Nyder at se dit mærke på mig. Jeg er så tændt, at jeg kunne springe, men jeg ved, at jeg skal opføre mig pænt.

Så sætter du tænderne i kæben igen. Det gør ondt! Følelsen pirrer mig helt vildt og jeg stønner højt af smerte.

"Slap af!" hvæser du. Jeg kan høre på din stemme, at du mener det nu. Jeg holder vejret, for at være stille, men jeg er så tændt, at min krop vrider sig.

"Stå stille!" Dine øjne er så intense nu. Så brændende. Jeg kigger i dem og kan ikke bedømme, om du elsker mig eller vil slå mig ihjel... - Begge dele måske..!?!

Pludselig løfter du hovedet. Du står bøjet ind over mig og kigger mig ind i øjnene. Jeg krymper mig under dit blik. Du tager mit ansigt mellem dine hænder og kysser mig langt og intenst. Jeg smelter mellem dine hænder. Du stopper og kigger på mig. Mine øjne tigger om mere og du kysser mig igen. Nu kan jeg ikke længere lade være. Jeg slynger armene rundt om din hals og hiver dig ivrigt i trøjen og i håret. Kyssene bliver mere intense og vi stønner begge.

Du ligger en arm omkring mig og løfter mig op. Stadig med din tunge dybt begravet i min mund, vender du rundt og sætter mig på spisebordet. Mine fingre udforsker dine kinder og din hals, mens jeg ivrigt kysser dig. Jeg vil have, at det skal blive ved for evigt. Elsker når du kysser mig sådan her.

Du trækker min bluse op over hovedet og jeg løfter armene, så du kan tage den helt af. Du lader fingrene lege på mine bryster, inden du også fjerner min bh. Jeg krymper mig lidt, da jeg pludselig er nøgen. Du læner dig lidt tilbage og betragter mig og jeg føler mig mærkeligt skrøbelig i dine hænder. Så sårbar og fuldstændig overladt til, hvad du bestemmer.

Du tager fat om min hage og drejer mit ansigt opad. Tvinger mig til at se dig ind i øjnene, mens dine hænder langsomt glider ned langs mine inderlår, indtil de når knæene. Langsomt og beslutsomt spreder du mine ben. Jeg gisper. Har holdt vejret i åndeløs spænding og ubevidst holder jeg det igen. Dine hænder glider op langs mine inderlår og du læner dig frem og ånder tungt på min hals.

Lige inden du når mit køn stopper dine hænder. Jeg ser bedende på dig og klynker lidt. Dine øjne smiler drillende. Du nyder det! Jeg strækker mit ansigt op mod dit og presser fissen frem mod din hånd. Alt for at vise dig, hvad jeg gerne vil have.

"Vil du have mine fingre?" spørger du roligt. Jeg svarer ikke, men prøver endnu mere, at vise det med øjnene. Hele min krop vrider sig.

"Hvad sir' du skat!? Vil du have dem!?"

"Ja," visker jeg.

Du ligger fingrene mod skedeåbningen og sikrer dig, at jeg er våd.

- Selvfølgelig er jeg det!

Så kører du to fingre hele vejen op i mig. Jeg stønner og hiver efter vejret.

Du kysser mig på halsen, bider og skubber til mig. Din ene hånd leger med min fisse, den anden med mine bryster. Uden at fjerne hænderne sætter du dig ned på knæ. Kysser mine inderlår og stønner svagt. Min fisse er sjaskvåd. Du ser begærligt på den. Ved at den tilhører dig og at det kun er for dig, at den bliver så våd. Endelig tager du den i munden. Du slikker mig så godt skat!

Jeg læner mig tilbage, trækker benene op og nyder det. Det snurrer i kroppen og mine tæer og fingre trækker sig sammen og spreder sig. Jeg rækker hånden ned til dig og viser dig, at jeg gerne vil have dine fingre med. Du forstår mig og stikker to fingre op. Med det samme kan jeg mærke orgasmen nærme sig. Jeg tager fat i dit hår og presser dit ansigt op mod min fisse. Det eneste jeg kan tænke på er, at du ikke må stoppe.

Jeg stønner højere og højere og højere. Da orgasmen rammer mig, skriger jeg den ud. Du udstøder et højt støn, da jeg sprøjter ud på dit ansigt. Hele min krop trækker sig sammen i kramper og det bliver ved og ved. Jeg krummer mig sammen og vrider mig, med min ene hånd i munden.

Så tager du pludselig fat om mine knæ, spreder min ben og presser din hårde pik op i mig. Det føles så skønt! Jeg nyder synet af din frække krop og dine tændte øjne, mens du tager mig.

Der går ikke lang tid, før jeg kan høre på dine støn, at du nærmer dig. Du tager hårdere fat i mine lår og dit ansigt bliver sammenbidt for et øjeblik. Så kommer du. Dine støn bliver næsten til brøl, som tænder mig så meget, at også jeg stønner højt.

Du trækker dig ud og sprøjter udover mig. Det føles fantastisk at se på dig og mærke din varme væske på min hud.

Til sidst falder du forover. Du kysser mig og smiler til mig. Jeg slynger armene om din hals og lader dig løfte mig op og bære mig ud i badet, - til endnu en skøn oplevelse…

- Tak for sex skat!

Våde tanker

Kameraet kører…

Hun går ind i bruseren og tænder for vandet. Det løber ned over hende. Hendes krøllede røde hår ligger sig tæt omkring hendes hoved, og ned ad ryggen. Vandet laver små glinsende dråber over hele hendes krop og hendes ansigt. Hun vender ansigtet op imod strålen og lader vandet løbe ind i sin mund og derefter ud igen. Hun nyder varmen, og dampen stiger op omkring hende.

Mens hun vasker håret tænker hun på hvordan aftenens date gik. Han var nu ellers sød nok ham Matt. Lidt genert, undveg hendes blik lidt, men flink og godmodig.
-Som en hund, tænker hun smilende. -Man får lyst til at kæle den bag ørene, men ikke mellem benene.
Hun skyller balsam ud og fantaserer om, hvordan hun gerne ville have haft aftenen til at forløbe…

-I stedet for at give hende et akavet kram, da han satte hende af derhjemme, ville han have givet hende et langt lidenskabeligt kys, som ville få hende til at glemme tid og sted. Ubemærket ville han snige den ene hånd ned i hendes jakkelomme, og trække hendes nøgler op, og stadig med den ene arm omkring hende og tungen i hendes mund, ville han åbne hoveddøren og skubbe hende indenfor. Herinde ville han hive hendes jakke af og med stærke arme løfte hende op. Hun ville slynge benene omkring ham og de ville kysse ophidset, mens han gik ind imod soveværelset med hende. Uden at tage hendes lange støvler af, ville han lægge hende ned på sengen og selv ligge sig på knæ foran. Kompromisløst ville han sprede hendes ben, og trække hendes trusser til side. Han ville tage hele hendes fisse i munden, og begrave sin tunge dybt i hende. Hun ville vride sig og stønne, og det ville dirre i hele hendes krop.

Han ville nu åbne sine bukser og finde sin stive pik frem. Den ville være større end nogen hun havde set før, meget større end Dave's. Han ville læne sig ind over hende. Hensynsløst flå hendes skjorte op, og nyde synet af hendes blottede bryster, mens han stak sit lem op i hende. Han ville massere hendes bryster med begge hænder, nive dem og bide i dem, mens han stødte i hende igen og igen. Så ville han pludselig trække sig ud. Han ville igen ligge sig lidt på knæ og stikke tungen op i hende. De sitrende fornemmelser fra underlivet ville bølge op igennem hende og blive mere og mere kraftige, indtil hun til sidst ville begrave ansigtet i en pude og skrige sin orgasme ud.

Han ville slikke sig om munden og rejse sig op. Uden at sige noget ville han tage om hendes hofter og vende hende om på maven. Han ville hive hendes røv op imod sig og trække den korte nederdel op. Så ville han igen trænge ind i hende og kneppe hende i lange hårde stød, til han ville komme med et brøl op i hende.

Herefter ville han lukke sine bukser, trække sin jakke lidt sammen og lægge en stor hånd på hendes kind. Hun ville se fortabt op på ham, men han ville vende sig om og gå. Efterlade hende siddende på sengen, med hans sperm løbende ned ad låret…

Hun finder sæben frem. Hendes tanker har gjort hende opstemt og hun sæber sig ind, med langsomme bevægelser på armene. Trods varmen er hendes brystvorter blevet stive og hun lader hænderne glide henover dem og kniber dem forsigtigt mellem fingerspidserne. Det sender en dejlig snurrende fornemmelse ned i hendes underliv. Sammen med sæbeskummet løber hendes fingre ned over den flade brune mave og finder hendes fisse. Hun gnider sin klitoris og den snurrende fornemmelse bliver stærkere og stærkere. Sæbeskummet løber ned af bugtningen på hendes ryg og fortsætter ned i revnen mellem hendes baller. Hele hendes solbrune krop skinner af fugten og hendes ophidselse har givet hende gåsehud. Hendes bevægelser bliver hurtigere og hurtigere og hun sætter sig ned på hug for bedre at kunne komme til. Presser hårdere ind mod klitoris, mens hun masserer.
Så kommer hun og det er næsten som om, at hun kan se hans ansigt for sig imens. Hun sitrer og ryster over hele kroppen og

til sidst falder hun sammen og sidder udmattet på gulvet i badet.

Da hun er kommet lidt til sig selv, skyller hun resten af sæben af. Så træder hun ud af badet, vikler et håndklæde omkring sig og et andet om håret. Hun går hen til kameraet og slukker for det. Smiler ved sig selv, mens hun tager båndet ud og ligger det i en stor, brun konvolut. Hun har skrevet Dave's adresse i Australien på. Han har været udviklingsstudent derovre i 6 måneder og har kun været hjemme og besøge hende tre-fire gange. Men nu kommer han hjem i næste måned og inden da skal han lige have denne lille overraskelse. Det har været mærkeligt, at bo alene i deres lejlighed i al den tid, men – smiler hun ved sig selv - nogle fordele har der da været ved det.

Min tur

Han stopper overrasket op ved synet af mig. Det er heller ikke ligefrem sådan her, jeg plejer at modtage ham, når han kommer hjem fra arbejde. Normalt er jeg i joggingbukser og en løs knold i nakken. Men ikke i dag. I dag er jeg iført en kort sort kjole og høje stiletter. Håret er slået ned over mine skuldre og make-uppen om mine øjne er tung og mørk.

Jeg tager en tår af min vin. Prøver at holde min hånd i ro, så han ikke skal se, hvor nervøs jeg er. Med drevende skridt går jeg ham i møde. Han står midt i entreen, stadig med bæreposer i begge hænder. Han er tydeligt i tvivl om, hvordan han skal reagere.

Jeg ser ham ind i øjnene, mens jeg sætter mit vinglas mod hans læber. Jeg hælder og selvom han drikker lydigt, løber vinen ned over hans hage og ned af skjorten. Med min frie hånd tager jeg fat om hans hage og drejer hans hoved mod mig. Jeg kysser ham hårdt og dybt. Åbner hans mund op med mine læber og trænger dybt ind med min tunge. Han stønner. Jeg kan mærke min ophidselse og smage vinen fra hans mund.
Jeg lader vinglasset falde og tager fat om hans hals. Jeg stønner ind i hans mund, griber med den anden hånd godt fat i hans hår, og holder ham fast der, mens jeg tvinger tungen endnu dybere.

Med ét slipper jeg ham.

Han vakler et enkelt skridt og misser med øjnene imod mig.
Jeg smiler indeni. Var ikke klar over, at det her ville ophidse
mig så meget.

Han tager et skridt henimod mig, men jeg stopper ham med en
løftet hånd. Han rækker tøvende en hånd frem imod mig,
tydeligt presset over, ikke at kunne foretage sig noget.

"Stå stille," siger jeg og sender ham et mørkt blik.
Jeg holder øjenkontakten, mens jeg tager min kjole af og lader
den falde på gulvet. Han gisper, da jeg står nøgen foran ham og
hans sultne øjne på mig, gør mig endnu mere våd.

Så kysser jeg ham igen. Hårdt. Lidenskabeligt. Jeg stikker to
fingerspidser ind i hans mund, samtidig med at vi kysser.
Driller han tunge med mine fingre, trækker hans kæbe ned.
Igen tager jeg fat om hans hals. Denne gang klemmer jeg
langsomt sammen.
Hans øjne springer op og hans stønnen forvandler sig til en
hvislende rallen, da jeg lukker hans luftrør.
Hans hænder ryger op til mine.
"Stå stille," hvæser jeg igen, ind i hans mund.
Jeg holder hans hals, men jeg knapper skjorte og bukser op.
Først da jeg er færdig, slipper jeg ham. Han gisper og hiver
hårdt efter vejret.

"Shh, du er så dygtig," mumler jeg trøstende ind mod hans hals, mens jeg skubber hans skjorte af skuldrene.

Hans rejsning er stenhård, da jeg sætter mig på hug og trækker hans bukser af. Jeg spreder mine ben, så han tydeligt kan se mig og tager fat om roden af hans pik.

"Åh Gud skat, kom nu," mumler han hæst.
Jeg slikker drillende på hans pikhoved.

"Kom nu," stønner han anstrengt. Denne gang med en undertone i stemmen, af noget lidt mere bestemt.
Jeg smiler og tager langsomt pikken ind i munden centimeter for centimeter.
"Åh," puster han og vikler fingrene ind i mit hår.
Jeg trækker hovedet bagud og kigger op på ham for at sige, at han ikke må røre mig.

Men det er for sent…

Han bøjer sig ned og tager fat om mig. I en bevægelse løfter han mig op. Jeg skal til at protestere over, at han ødelægger mit forehavende, men mit drivvåde køn vil ikke vente længere. Jeg vikler mine ben omkring ham og holder godt fast i hans hår med begge hænder. Vi stønner højt, da han i én bevægelse trænger hele vejen op i mig.
Dybt og hårdt knepper han mig stående, mens hans fingre borer sig ind i mine baller. Hårdere og hårdere. Hurtigere og

hurtigere. Musklerne i mit mellemgulv trækker sig sammen og jeg kan mærke orgasmen komme.

Jeg kaster hovedet bagover og skriger, da orgasmen ruller ind over mig. Hele min krop ryster og jeg krummer mig sammen og bider fat i hans hals.

Med en kraftig og anstrengt knurren ind i mit øre, kommer han op i mig. Hans greb om mig strammes mere og mere. Så falder han sammen.

Vi lander sammenfiltret på gulvet og han kysser mig vådt og kærligt på øret, mens jeg ler.

"Var jeg god til det?" spørger jeg håbefuldt.

"Du var fantastisk," smiler han ned i mit hår.

Skolepigen

Han smækkede bildøren, spændte sikkerhedsselen og tog godt fat om rattet med begge hænder, mens han tog en dyb indånding.

Var det nerver og nervøsitet, han kunne mærke i maven? Var det forventning? Det var vel i virkeligheden nok en god blanding og han kunne jo ikke bebrejde sig selv, at han havde sommerfugle i maven lige nu. Skulle han være ærlig, skyldtes de også en god portion dårlig samvittighed. Men han skubbede tanken fra sig og satte bilen i gear.

Allerede da han var drejet om hjørnet og væk fra huset, fik han det bedre. Han tændte bilradioen og lod, som så mange gange før, sine tanker vandre ud af den velkendte sti…

Hun var mørkhåret og køn og havde i over seks måneder været genstand for hans fantasier. Ikke kun når han lå i sengen efter endnu en frustrerende aften. Stirrende op i det grå loft, mens han fra tid til anden irritabelt rykkede på sig, for at stoppe den anstrengende snorken fra den anden side af sengen. Men også om dagen, på universitet, spillede hun hovedrollen i hans personlige film.

Han smilede ved det indre billede af den lyserøde t-shirt, som strammede over brysterne, når hun rakte en arm i vejret. Han så for sig, hvordan hun blinkede med de lange øjenvipper og fugtede læberne, mens hun talte.

Han tænkte på alle de gange, hvor han havde måttet stille sig om bag podiet og blive stående der under resten af forelæsningen. Fordi hun sad på tredje række og legede med knapperne i den nedringede skjorte. Alle de gange, hvor hans tanker var løbet af med ham. Løbet af til en tid og et sted langt ude i en utopisk virkelighed, hvor han lå sammen med hende og kyssede hendes dejlige bryster.

Det havde været en drøm. En fantasi af den slags, som man kan leve på i månedsvis og som man kan afspille for sit indre blik igen og igen, hver gang med lidt bedre detaljer end sidste gang. Det var blevet et sted at ty til, når virkeligheden blev for anstrengende.

Han havde håbet, men ikke troet på det. Men nu var det altså nu. Han mærkede sit lem dunke af forventning, allerede da han drejede ned ad gaden, tjekkede husnummeret på den lille seddel og parkerede bilen.

Han gik ind i opgangen og op af trappen. Hans hjerte dunkede hurtigt og han formanede strengt sig selv om at slappe af. Han fumlede efter hoveddørsnøglen og åbnede døren ind til den mørke lejlighed. Han gik lydløst indenfor, ned gennem en lille gang og videre ind i stuen, hvor han fandt sin plads.

Han sad på en stol i hjørnet af stuen, hvorfra han kunne se ind i soveværelset. Der brændte et par lys i det lille soveværelse, som lige akkurat lyste sengen op, men i stuen var der bælgmørkt. Han kunne sidde på stolen helt ubemærket og iagttage sengen.

Han havde siddet sådan i en times tid, da han hørte hoveddøren gå. Hun var kommet hjem fra skole. Antydningen af et smil gled uvilkårligt henover hans ansigt, da han tænkte ved sig selv, at den første del af dagens undervisning var overstået og at den næste snart skulle begynde.

Hun lagde skoletasken fra sig og gik ind i stuen, men forsvandt hurtigt ud igen. Han kunne høre hende rumstere i køkkenet. Hun smånynnede, mens hun kogte pasta og bladrede i en avis, mens hun spiste. Så gik hun igen igennem stuen og ind i soveværelset. Hun havde taget en bog med og hun satte sig på sengen, lænede sig godt tilbage og begyndte at læse.

Han betragtede hende. Den korte nederdel afslørede et par pæne, solbrune ben, der forsvandt i et par lange hvide strømper lige under knæene. Den tynde hvide bluse var knappet foran over brysterne og viste maven og navlen. Hendes lange brune hestehale faldt ned over den ene skulder og de lange øjenvipper vippede op og ned, mens hun læste. Indimellem sukkede hun velbehageligt og flyttede sig lidt på sengen. Hendes fingre legede med en lok af det brune hår og hun kløede sig let på låret, hvilket fik den korte nederdel til at glide endnu længere op.

Han sad som forstenet på stolen. Ville ikke bevæge sig en centimeter af frygt for at afbryde hende. Han forestillede sig hendes krop uden tøj på. De faste bryster, som han indtil videre kun kunne ane under den tynde bluse. På denne måde ventede han tålmodigt i endnu en time, før der begyndte at ske noget.

Hun havde taget dynen over sig og ubemærket sneget den ene hånd under dynen - han kunne se små bevægelser. Hendes øjne var stadig rettet mod bogen og bevægelserne var så små og utydelige, at han ikke var helt sikker på, om det var noget, han bildte sig ind. Men så begyndte hun at bevæge hele kroppen. Hun rynkede brynene en smule og bøjede så det ene ben under dynen. Nu var han ikke længere i tvivl om, hvad hun lavede.

Hun lod bogen glide ned på gulvet og gled selv længere ned i sengen. Hun slog dynen til side for bedre at kunne komme til og han lænede sig en anelse frem i stolen. Hendes hånd bevægede sig i cirkler under trusserne og hun spredte benene mere og mere, indtil hun løftede det ene ben og stønnede svagt.

Han mærkede bulen i sine bukser blive større og han måtte beherske sig, for ikke at gå ind til hende. Hendes ene hånd gled henover brysterne og han kunne ane brystvorterne blive stive under blusen. Så kunne han ikke holde sig tilbage længere.

Han rejste sig lydløst fra stolen og gik hen til døråbningen. Hun lå stadig med lukkede øjne og var så optaget af sin lyst, at hun først ikke opdagede ham. Hendes røv cirklede rundt på lagenet, vildere og vildere og hans pik dunkede i bukserne. Så fik hun pludselig øje på ham.

Hun gispede forskrækket og sprang op på gulvet. Han smilede over hendes uskyldige reaktion og trådte hen imod hende. Han tog hendes hoved mellem sine hænder og så kærligt ned i de store udtryksfulde øjne, som lidt usikkert gengældte hans blik. Han kyssede hendes kinder og hendes hår og endelig hendes mund. Så satte han sig langsomt på knæ foran hende. Lod hænderne glide op af de slanke ben, op under den korte nederdel, hvor de fandt hendes trusser. Han trak dem ned til hendes ankler, mens han nød duften af hende.

Hun blev stående ganske stille og mærkede hans berøringer. Han løftede op i nederdelen og betragtede et øjeblik den glatte mis, inden han forsigtigt gav den et kys. Han snusede indad og nød hende, inden han igen satte munden til. Denne gang stak han tungen ud. Den søgte ind mellem hendes lår og hun begyndte at ånde tungere og vride sig lidt. Han aede hendes balder og lår, mens hans tunge roligt slikkede hende. Hun spredte villigt benene lidt, da hans hånd gled ind mellem dem og et par fingre forsvandt op i hende. Hun stønnede og lagde nakken bagover. Så trak han fingrene ud og stadig med ansigtet så tæt på hende, at han kunne dufte hende, nåede han op til hende bluse og begyndte langsomt at åbne knapperne, én efter én.

Hendes villige bryster kom til syne, da han trak blusen til side, og brystvorterne struttede legesygt. Han blev opstemt, kyssede hendes mave og slikkede de bløde bryster. Brystvorterne føltes små og hårde inde i hans mund, han slikkede og bed i dem og mærkede, hvordan han fik mere og mere lyst til at trænge op i hende.

Så lagde han hende ned på sengen. Forsigtigt og kærligt. Han åbnede sit bælte og kæmpede for ikke at lade iveren løbe af med sig. Hun så på ham, mens han tog tøjet af. Hendes blik var nysgerrigt og en anelse genert, hvilket gjorde ham endnu mere tændt.

Han kravlede ind over hende og på vejen op kyssede han først hendes mis, så hendes mave og hendes bryster. Derefter hendes hals - og til sidst gav han hende et langt hedt tungekys. Følelsen af at stikke tungen i hendes mund, fik hans iver til at flamme op og han stak tungen længere ind, til han følte, at den næsten fyldte hele hendes mund. Hun gispede lidt, ophidset over at føle sig indtaget.

Stadig med tungen i hendes mund trængte han op i hende.

Hun klynkede en anelse, men havde hun villet sige noget, havde hun ikke kunnet for hans mund, som stadig var presset ned over hendes. Han kørte hænderne ud af hendes arme, tog blidt fat om håndleddene og kørte så ind igen og tog fat om brysterne med begge hænder.

Han skubbede sig lidt fra hende, så han kunne se hendes ansigt. Mens han gled ind og ud af hende, betragtede han hende ligge med lukkede øjne og åben mund.

Han masserede hendes bryster. Hun trak vejret tungt og bevægede sig med i hans rytme. Han nød at se hende pibe og vride sig lidt, når han klemte hårdere om brystvorterne. Hun var stram og hun begyndte at presse sit underliv op mod ham. Han gjorde sine bevægelser hurtigere og hun begyndte at rotere med underlivet.

Hendes støn blev højere og mere intense og han pumpede. Hun skreg. Hendes krop krummede sig sammen og han kunne mærke hendes fisse trække sig sammen i kramper.

Et øjeblik efter var det overstået og hun lå stille og afkræftet på sengen. Han trak sig ud og betragtede hende. Hans pik var stadig hård og våd af hendes safter, så den gled let i hans hånd. Han lænede sig ind over hende og nød synet og følelsen, som hans egne bevægelser sendte igennem hans krop. Så begyndte hun igen at røre på sig, hun åbnede øjnene og satte sig halvt op.

Han smilede til hende uden at stoppe, hvad han var i færd med og hun smilede tilbage. Han kunne mærke, at det var begyndt at snurre og han lagde den anden hånd om nakken på hende og førte blidt hendes hoved derned. Først virkede hun lidt usikker. Hun slikkede forsigtigt hans hoved og lod tungen løbe ned langs siderne. Han blev ved med at holde hende om nakken,

mens han lagde hovedet bagover og nød de bølgende
fornemmelser, som hendes tunge sendte op gennem ham.

Hun så op på ham, uden at stoppe, som for at spørge, om det
var godt nok. Han gav et enkelt bekræftende nik. Så åbnede
hun munden og lod den glide langt ned over hans pik. Han
stønnede højt.

Hendes mund var varm og våd og læberne strammede om hans
hårde lem. Han kunne mærke på hende, at hun blev overvældet
af hans størrelse. Alligevel lagde hun nakken lidt bagover og
sugede ham længere ind. Et kort sekund var alt stille, så lod
hun den glide ud og udstødte et lille gisp. Hun greb om hans
pung og suttede hurtigt og målrettet. Følelsen af den varme
mund omkring sin pik var for meget for ham og med et dybt
støn sprøjtede han sin varme sæd ind i hendes mund.

Hun så ham i øjnene, mens hun slikkede sig om munden og
efter at have tørret hende over munden med hånden, gav han
hende et kys.

Med et tyndt silkelagen viklet omkring sin unge krop sad hun
på sengen og iagttog ham, mens han trak i bukserne og
knappede skjorten. Hun virkede afslappet og fredfyldt og han
tænkte med undren, at hun udstrålede en form for modenhed,
som næsten afløste den charmerende uvidenhed, der havde
fyldt hendes øjne tidligere. Hendes naive nysgerrighed var

blevet til en funderet indsigt og han blevet overrasket over at mærke sit hjerte banke hårdere ved disse tanker.

Han spurgte hende, om det havde været, som hun havde forestillet sig og hun smilede og sendte ham et varmt fingerkys til svar. Han samlede nøglen op fra gulvet, hvor den var faldet ud af hans bukselomme og studerede den i sin hånd.

Hun læste hans tanker og rejste sig fra sengen.

"I morgen klokken fire," hviskede hun og kyssede ham på kinden, idet hun strøg forbi ham ud ad døren. Han måtte tage sig i at smile fjoget, da han endnu en gang stak nøglen til hendes lejlighed i lommen. Da han gik gennem den halvmørke gang, kunne han høre bruseren bag den lukkede dør. Han bekæmpede sin lyst til at tage i døren og fortsatte langsomt og modstræbende mod entreen. Han blev stående i den åbne hoveddør et øjeblik, indåndede lejlighedens dufte af lavendelolie, ren stearin og parfume, inden han igen lukkede døren bag sig og begav sig hjem til sin kone.

© 2015 – Lisbeth Simonsen
Forlag: Books on Demand GmbH, København, Danmark
Fremstilling: Books on Demand GmbH, Norderstedt, Tyskland
Bogen er fremstillet efter on-Demand-proces
ISBN 978-87-7170-252-1